MES PREMIERS RÊVES

POÉSIES

PAR

Mlle ANNA ROBERJOT.

MACON,
IMPRIMERIE D'ÉMILE PROTAT.
1868.

MES PREMIERS RÊVES

POÉSIES

PAR

Mlle ANNA ROBERJOT.

MACON,
IMPRIMERIE D'ÉMILE PROTAT.

1868.

A MON AMIE D'ENFANCE.

C'est à toi, Julia, à toi la douce compagne de mon enfance que je dédie ce premier et faible essai poétique. En le lisant tu retrouveras peut-être quelques souvenirs de notre joyeux passé. Tu le sais, Julia, nous avons grandi ensemble; nous avons promené nos rêveries de jeunes filles dans la même campagne, sous les mêmes ombrages, au bord des mêmes ruisseaux. Nul mieux que toi, mon amie, ne pourra donc comprendre ces premiers rêves éclos pendant que nous descendions ensemble la pente de la ravine ou le sentier de nos bruyères.

La source à l'ombre des saules, le moulin dont nous entendions le bruit de si loin, la prairie dont l'herbe printanière nous cachait à moitié, le chant des villageois le soir, en un mot les mille beautés de la nature où toutes deux nous avons vécu, voilà, Julia, ce qui m'a inspirée.

— Mais pourquoi, me diras-tu, faire imprimer des poésies dont tout le charme consiste dans les souvenirs intimes où tu les as puisées? Pourquoi ne pas les enfouir plutôt au plus profond de ton cœur? Pourquoi les écrire même, et, si tu les écris, ne pas les abandonner au vent?

A cela je répondrai : Je suis bien jeune, c'est vrai, puisque je n'ai que seize ans; je n'ai donc pas encore vécu, dans le sens du moins que l'on attache à ce mot, car de la vie je ne connais presque rien. Mais il me semble, Julia, qu'à tous Dieu a confié une tâche, et que cette tâche nous devons la remplir. Pourquoi si plus tard, si maintenant même, mes chants peuvent faire quelque bien, pourquoi ne pas essayer?

Il y en a tant qui souffrent et qui pleurent, tant de pauvres qui n'ont plus d'espoir. Eh bien, je chanterai pour eux, et si je puis sécher quelques larmes, que pourrai-je demander de plus?

Anna ROBERJOT.

Vitry, mai 1868.

A MA MÈRE.

O toi qui si longtemps veillas sur mon berceau,
Ma mère, ange que Dieu m'envoya sur la terre
Pour sourire à mon front penché comme un roseau
Qui tremble solitaire;

Toi dont le doux regard m'endormait tout en pleurs,
En répandant sur moi les rêves de ton âme,
Comme Dieu, dans nos champs, va répandant ses fleurs
Et son soleil de flamme;

Reçois le premier cri qui jaillit de mon cœur,
Le premier chant d'amour qui jaillit de ma lyre,
Comme on donne au matin sa pensée au Seigneur,
Quand le jour va sourire.

C'est toi qui d'un baiser faisais mon front joyeux;
C'est toi qui souriais au ciel de mon enfance,
En enivrant mon cœur d'un regard de tes yeux,
D'un regard d'espérance.

C'est toi qui, tous les soirs, penchée à deux genoux,
Joignais mes petits doigts en me disant, rêveuse :
Enfant, incline-toi, Dieu, qui veille sur nous,
Entend ta voix joyeuse.

Et moi je murmurais en regardant le ciel :
Mon Dieu! laisse toujours auprès de moi ma mère;
Le nid le plus chéri, c'est le nid maternel,
Le nid plein de mystère.

. . . .
. . . .

Mais, hélas! ces beaux jours ont fui comme un matin;
Un vent mystérieux a passé sur ma tête;
Je me suis éloignée et; seuls, dans le lointain,
J'ai vu fuir pour toujours mes joyeux soirs de fête.

Parfois je me retourne et je les vois encor,
Comme on voit dans l'éther, à l'heure des étoiles,
Rayonner, oh! bien loin, un dernier reflet d'or,
Là-bas, dans les nuits aux longs voiles.

Mais toi tu m'as suivie en ma course du soir;
Ton œil est un flambeau pour éclairer ma vie;
Toujours j'ai retrouvé, quand mon rêve était noir,
Ton caressant sourire, ô ma mère chérie.

Le nautonnier des mers cherche une étoile d'or
Pour guider son esquif dans la nuit de l'abîme:
A mes yeux, ô ma mère! ange au divin essor,
Tu parais l'étoile sublime.

Deux noms pleins de rayons seront toujours en moi,
Deux noms pleins d'espérance et fils de la lumière:
Le nom de Jéhovah dans un hymne de foi,
Et dans un chant d'amour le doux nom de ma mère.

SUR UN NID ABANDONNÉ.

Pauvre nid, en vain tu te penches,
Abandonné sous les lilas,
Le vent t'agite dans les branches,
Ton doux oiseau ne revient pas.

Loin des rives de la patrie
Que d'exilés portent leurs pas,
Et près de la couche chérie
Comme lui ne reviendront pas.

Que de nochers loin du rivage
Vont sombrer sous d'autres climats !
En vain on attend sur la plage :
Le matelot ne revient pas.

Mais la vie est-elle autre chose
Qu'un voyage jusqu'au trépas ?
Jamais deux fois l'on ne se pose
Au passé qui ne revient pas.

LE PREMIER CHANT D'AMOUR.

Au bord du fleuve où glisse une barque qui passe,
Viens, viens, ô ma beauté!
Viens et suivons de l'œil, là-bas parmi l'espace,
Cet esquif emporté.....

Le soleil sur ton front, de sa flamme joyeuse,
Met un riant baiser,
Et le soufle du soir, sur ta lèvre amoureuse,
Boit un parfum léger.

Ah! pourquoi regarder la vague fugitive
Qui s'enfuit pour toujours?
Penses-tu donc que nous, nous aussi d'une rive
Nous descendons le cours?

Mais qu'importe! voilons notre léger navire
Sous les fleurs de l'amour,
Et descendons tous deux, au souffle de Zéphire,
La vague sans retour.

Quand le matelot part, il pavoise de roses
Sa barque le matin;
Nous, faisons comme lui, puis glissons, si tu l'oses,
Et la main dans la main.

Pour conjurer le ciel nous jetterons à l'onde
Notre anneau de bonheur;
Si le flot nous le rend de son urne profonde,
Nous te l'offrons, Seigneur!

Aimons et jouissons de l'amour, à cette heure
Qui ne reviendra pas;
Le temps évanoui, c'est le temps que l'on pleure
Et qui fuit pas à pas.

N'appuyons pas trop fort notre lèvre au calice,
De peur de le briser;
Mais du divin nectar, qui contient tout délice,
Gardons de rien laisser.

Ne soyons point pareils à ces prétendus sages
Qui, la coupe à la main,
En versaient la moitié, selon les vieux usages,
Au milieu du festin.

Aimons donc, puisque Dieu de nectar nous abreuve!
Aimons, ô ma beauté!
Et nous pourrons atteindre ensemble le grand fleuve
De l'immortalité.

Nous toucherons joyeux à sa lointaine rive,
Sans larmes, sans regrets;
Nous aurons pris au temps une heure fugitive
Qui ne revient jamais.

A LA COLOMBE.

Dans ton nid, ô douce colombe!
J'aime à te voir quand vient le jour;
Ton aile en palpitant retombe
Sur les petits de ton amour.

Dans le duvet et dans la mousse
Tu te blottis timidement,
Et le nid, à chaque secousse,
Te balance amoureusement.

Ta tête en frissonnant se plonge
Sous la plume qui te revêt,
Et parfois ton cou blanc s'allonge
Dans les ondes de son duvet.

Le ramier qui sous toi repose,
Cherche à passer hors du berceau
Sa tête et son petit pied rose
Où point un plumage nouveau.

Mais de ton bec tu le repousses
Dans la couche au tapis soyeux,
Et sous tes deux ailes si douces
Tu le réchauffes tout frileux.

Pourquoi donc, quand ta voix roucoule,
S'arrête-t-on à l'écouter?
Pourquoi donc le chant qu'elle roule
Dans nos cœurs vient-il se noter?

Pourquoi donc aimons nous l'entendre
Soupirer sous la vieille tour?
Ah! c'est que ta voix faible et tendre
Est un doux écho de l'amour.

LE DERNIER CHANT D'AMOUR.

Ah! ne fuis pas encore, ô mon léger navire!
Loin de la rive, hélas! où mon cœur est resté.
Ne le réveille pas, impatient Zéphire,
De ton souffle agité.

Ah! que je vois encore, à genoux sur la rive
Et les bras étendus, ma douce amante en pleurs.
O brise! apporte-moi de sa lèvre plaintive
L'haleine avec les fleurs.

Comme on voit s'incliner le cou soyeux du cygne,
Son front, sous la douleur, plie et semble pâlir.
Oui! je la vois encor, montrant d'un dernier signe
Ma nef qui va partir.

Ah! qu'ils sont loin les soirs où sa lèvre pensive,
Sous mon souffle brûlant pâlissait de langueur,
Où je sentais bondir, comme un flot sur la rive,
Son cœur contre mon cœur.

O Temps! que fais-tu donc des heures fortunées
Que ta main sans pitié nous ravit chaque jour?
Nous les voyons passer, comme des fleurs fanées,
Mais passer sans retour.....

....

Il fuit! il fuit déjà mon rapide navire!
Adieu, ma bien-aimée, oh! pense encore à moi!
Que ce chant de départ et d'adieu sur ma lyre
Arrive jusqu'à toi.

Porté par l'Aquilon, qu'il traverse l'espace
Pour effleurer ton front ou tes yeux en mourant;
Que son dernier accord, comme un souffle qui passe,
S'éteigne en soupirant.

Que ceux qui l'entendront comme toi puissent dire :
C'est le chant d'un proscrit qui s'en va sans retour,
Et le dernier adieu qu'a soupiré sa lyre
Fut un adieu d'amour.

LA MORT DU CYGNE.

Ses doigts erraient encor sur les cordes plaintives
Du luth mélodieux qu'on entendait gémir;
Sous ses longs cheveux d'or aux ombres fugitives
On la voyait pâlir.

Des festons odorants sur la couche d'ébène,
Comme en un soir d'amour mélangeaient leurs couleurs,
Et ses mains, que la Mort glaçait sous son haleine,
Jouaient avec des fleurs.

Son front, comme un beau lis sur sa tige légère,
Sans craindre le trépas s'inclinait pour mourir;
On voyait sur sa lèvre, en cette heure dernière,
Son doux souffle courir.

Elle suivait de l'œil les barques sur la rive,
Que le soir éclairait de son feu languissant,
Ou plus loin contemplait la lueur fugitive
D'un phare pâlissant.

Elle écoutait un son de guitare ou de lyre
Que la brise des mers apportait en jouant,
Et la voix des rameurs chantant sous le zéphire
Qui les pousse en avant.

Et nous la regardions, du doux luth qu'elle effleure,
Tirer en gémissant un amoureux soupir,
Et nous lui demandions : Est-ce donc déjà l'heure?
Ton front semble pâlir.

Elle se souleva sur la gerbe de roses
Qui parfumait sa couche et nous répondit : « Non!
» Je ne vois pas, ô Dieu! la rive où tu déposes
» Les élus de Sion.

» Mais j'aperçois déjà poindre parmi les ombres
» Un rayon qui ressemble à l'immortalité ;
» Je vois des globes d'or, comme dans les nuits sombres,
» Répandre leur clarté.

» Ah Dieu ! quelle splendeur ! Quelle éclatante aurore
» Paraissant tout à coup, vient éblouir mes yeux !
» Eveille encore, ô luth ! sur ta corde sonore,
» Un souffle harmonieux. »

Elle dit et prenant la merveilleuse lyre,
Qui gémit comme un cygne égaré sur les flots,
Elle y mêla l'accent de sa voix qui soupire
Et puis chanta ces mots :

« Je suis sur cette terre un oiseau de passage ;
» Je m'envole en chantant.
» J'ai cherché le bonheur de rivage en rivage,
» Et le bonheur m'attend.

» J'étais comme un navire allant à la dérive,
» Sans main pour le guider,
» Et maintenant, là-bas, je vois blanchir la rive
» Où je dois aborder.

» Je pressais sous ma lèvre une coupe remplie
» D'un nectar précieux ;
» Je la brise joyeuse au matin de la vie
» Pour aller boire aux cieux.

» Des jours de cette terre, où parfois l'on s'égare,
» J'ai passé le plus beau,
» Et maintenant j'éteins la lueur de mon phare
» Et je glisse au tombeau... »

Et la lyre à ces mots, de sa main expirante
En s'échappant, rendit un accord plus rêveur,
Et le dernier soupir qu'exhala la mourante
Montait vers le Seigneur.

A UN OISEAU SANS NID.

Où vas-tu, mon plaintif oiseau?
Pourquoi t'envoler solitaire?
Hélas! tu cherches le berceau
Où te couva ta tendre mère.

Ta faible voix semble gémir
Dans son harmonieux langage.
Ah! tu n'es pas seul à souffrir
Exilé du natal rivage.

Car ainsi que toi, doux oiseau,
Sur cette terre où l'homme avance,
Il s'en va cherchant le berceau
Du bonheur et de l'espérance.

LA NUIT.

Comme un guerrier brillant s'endormant dans sa gloire,
Le soleil lentement s'efface à l'horizon;
Son disque étincelant du feu de la victoire
Semble se concentrer dans un dernier rayon.

On voit glisser au loin, dans l'azur de la plaine,
Un char silencieux où la Nuit en repos,
Attachant le Sommeil à ses tresses d'ébène,
Effeuille en s'avançant des gerbes de pavots.

Le ciel est rayonnant des feux de la planète,
Et l'étoile y suspend l'éclat de son trésor :
Tel on voit se jouer sous un portique en fête
Les reflets assoupis des pâles flambeaux d'or.

La tremblante lueur qui blanchit la campagne
Plonge au fond de la mer ses rayons affaiblis,
Et couvre mollement les flancs de la montagne,
Comme un voile de vierge en déroulant ses plis.

Le zéphir, déployant sa voix mélodieuse,
Est le céleste son de ce soir enchanté;
Dans le calice d'or de la fleur amoureuse
Il gémit enivré de sa chaste beauté.

Comme le coursier noir qu'au front orne une étoile,
La nuit a pour flambeau la lune au fond des cieux;
On voit sous sa lueur au loin glisser la voile
Du pêcheur traversant les flots silencieux.

La voix du rossignol dans les bois pleins de mousse
Jette amoureusement d'harmonieux accords;
Elle berce à demi de sa chanson si douce
Le nocher saluant ce rivage et ces bords.

A tous ces chants d'amour, ô ma plaintive lyre!
Pourquoi rester muette et retenir tes sons?
Donne aussi cette nuit un cri dans ton délire
Au Dieu que l'univers loua sous mille noms!

A celui qui, lançant dans les flots de l'espace
Des milliers d'astres d'or, joue avec leurs rayons!
A celui dont la main, quand l'ouragan s'amasse,
Commande à la tempête et fait trembler les monts!

Au Dieu qui se pencha sur le berceau du monde,
Qui le vit s'éveiller et qui le vit grandir!
Au Dieu qui chaque jour regarde comme une onde
Les nations passer et puis s'évanouir!

Au Créateur divin dont la lèvre féconde
Jette siècle et puis siècle et ne les compte pas!
Au Maître dominant le tonnerre qui gronde
Et formant de l'éther un tapis sous ses pas!

Et quand tu l'auras dit ce cantique sublime
Au Dieu que Sinaï vit dans sa majesté,
O lyre! tu pourras, sans redouter l'abîme,
Franchir les hauts remparts de l'immortalité.

LES FLEURS.

Dieu couvrit d'un tapis de fleurs
Cette terre où le pied s'efface;
Elles bordent de leurs couleurs
Les sentiers où le mortel passe.

Aux coupes d'or de nos festins
Leurs tiges bien souvent pâlissent,
Et parfois, hélas! dans nos mains
Avant l'heure elles se flétrissent.

Chaque aurore on les voit s'ouvrir
Et comme un beau rêve apparaître;
Chaque soir on les voit mourir
Sur le gazon qui les vit naître.

Ainsi que passent tour à tour
Près des bords esquifs et navires,
Ainsi l'homme voit chaque jour
Passer les fleurs et les empires.

POUR LES OISEAUX ET POUR LES PAUVRES

(AUX ENFANTS).

Enfants qui jetez aux oiseaux
Pendant l'hiver un peu de graine,
Et du duvet pour leurs berceaux
Quand ils vont transis dans la plaine.

Savez-vous qu'il est ici-bas,
Sans pain, sans nid, sans espérance,
D'autres pauvres oiseaux, hélas!
Tremblant au vent de la souffrance?

Savez-vous qu'il est, mes enfants,
Des petits orphelins sans mère
Qui s'en vont glaner dans les champs
Le grain oublié sur la terre?

Savez-vous qu'ils n'ont pas de nid,
Pas de foyer, pas de caresse?
Savez-vous qu'ils sont bien petits
Et qu'on les sèvre de tendresse?

Du Seigneur, enfants, c'est le bras
Qui les guide parmi nos fanges.
O vous! ne les repoussez pas;
De cette terre ils sont les anges.

Pour que Dieu veille à vos berceaux
Il faut chaque jour, à chaque heure,
Donner de la graine aux oiseaux
Et du pain au pauvre qui pleure.

LE DERNIER CHANT DU POËTE.

Le poëte expirant tenait encor sa lyre;
Ses doigts touchaient toujours la corde qui soupire.
Sur le bord de la tombe il chantait son adieu;
Il chantait en quittant les rives de la vie,
Et le divin accord de cette mélodie
Se mêlait aux harpes de Dieu.

« J'ai passé, disait-il, comme un son sur la terre;
» Je me suis abreuvé dans une coupe amère.
» Trois fois sur un écueil j'ai posé mon berceau,
» Et trois fois l'aquilon l'a roulé dans l'abîme.
» Du Créateur divin la tempête sublime
» Me renverse au fond du tombeau.

» Qu'importe que ce soit demain ou dans une heure,
» Puisque pour nous la terre est un lieu qu'on effleure?
» Qu'importe à l'hirondelle, à l'oiseau passager,
» Quand il faut s'envoler, d'attendre à l'autre aurore?
» Je quitte sans regrets ce monde que j'abhorre,
» Où je fus comme un étranger.

» Ses bruits m'ont poursuivi comme un flot en colère
» Que l'on entend mugir du rocher solitaire.
» Je voulus me mêler avec sa vague un jour;
» Boire à la même source où le mortel s'abreuve;
» Voir ma vie emportée au courant du grand fleuve
» Où l'homme descend tour à tour.

» Je connus le malheur, l'envie et puis la haine ;
» Le monde détruisit sous son impure haleine
» Mes rêves s'envolant comme un duvet d'oiseau.
» D'un long bruit sans repos je dus payer ma gloire.
» Et la coupe enivrante où j'avais voulu boire
» Se brisa comme un vain roseau.

» Je voyais les humains, dans leur course agitée,
» Passer et repasser comme l'onde emportée
» Qui déroule en jouant ses vagues sur le bord ;
» Je les voyais chacun, sur leur vaste théâtre,
» Apparaître et tomber comme un pilier d'albâtre
» Qu'ont miné le temps et l'effort.

» Je voyais chaque jour proscrire le génie
» Comme un vil mendiant chargé d'ignominie ;
» Je voyais s'agiter sur notre globe humain
» Les passions, hélas ! déployant leur empire ;
» Je voyais les mortels vouloir dans leur délire
» Sonder l'ombre du lendemain.

» Je les voyais jouer avec le temps qui passe
» Sans songer que la mort abrége son espace ;
» Je les voyais emplir leurs coupes jusqu'au bord
» Pour noyer leur esprit de vin et de folie,
» Et déjà du Très-Haut la main que l'on oublie
» Ecrivait leur arrêt de mort.

» J'ai connu ce grand nom que le siècle répète,
» Ce nom qui des humains surnage à la tempête,
» Comme il reste parfois incliné près des flots
» Un phare encor debout sur la falaise noire ;
» J'ai connu ce vain nom que l'on appelle gloire
» Et qui vibre à tous les échos.

» J'ai connu ce qu'au cœur l'amour met de délire;
» Ce que notre âme dit à l'âme qui soupire,
» Quand dans l'enivrement nous voudrions mourir;
» J'ai vu glisser parfois sur ma harpe sonore
» Une larme qu'y met la vierge que j'adore,
    » Et qui tombe en perle d'ophir.

» Et cependant joyeux je vais quitter la vie
» Et briser en mourant le vase d'ambroisie.
» Non! des biens d'ici-bas je ne regrette rien
» Et m'en vais souriant au doux pays des anges;
» J'entends! j'entends leurs chants, leurs hymnes de louanges!
    » Je vois un monde aérien!...

» O ma lyre adorée, es-tu déjà muette?
» N'as-tu plus un accent de cantique et de fête
» Quand mon navire enfin touche au sublime port? »
Mais le poëte, hélas! avait brisé la lyre;
Sa voix s'était éteinte, et la corde en délire
    Palpitait d'un dernier accord.

A UNE ÉTOILE.

A l'heure où jusqu'au lendemain,
Quittant les plaines de l'espace,
L'astre du jour, à son déclin,
D'un sillon d'or laisse la trace;

Quand le mélodieux oiseau,
La douce et tendre Philomèle,
Préludant un accord nouveau,
Par ses chants au loin se révèle;

A l'heure où tout n'est sur la terre
Que murmures et que fraicheur,
Où l'on voit dans un doux mystère
S'ouvrir l'urne de chaque fleur;

C'est alors que, trouant la nue,
Tu m'apparais, fille des airs,
Belle étoile dont la venue
Réjouit jusqu'aux flots des mers.

Tu te perds si haut dans l'espace
Que tes rayons, à mes regards,
Laissent moins de flamme et de trace
Que des pâtres les feux épars.

Mais ta clarté mystérieuse,
Par cet éloignement divin,
Semble à mon âme plus pieuse
En descendant de son lointain.

Oui, dans mon cœur je la préfère
Au phare brillant du marin;
A la lampe qu'au sanctuaire
Allume une attentive main.

Il me semble que cette flamme,
Blanchissant les flancs du coteau,
Est un léger rayon de l'âme
De ceux qui dorment au tombeau;

Et qu'ils viennent, ô mon étoile!
Eclairer ainsi chaque nuit
Du vaisseau la tremblante voile
Et près de nous glisser sans bruit.

Ah! tout cela n'est-il qu'un rêve
Que m'enlèvera le matin?
Mon Dieu, faites qu'il ne s'achève
Qu'aux sphères du séjour divin.

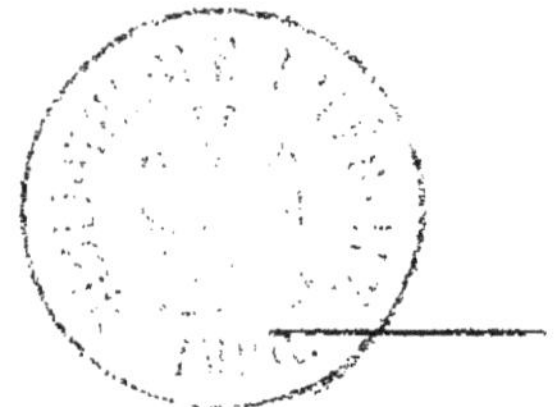

www.ingramcontent.com/pod-product-compliance
Ingram Content Group UK Ltd.
Pitfield, Milton Keynes, MK11 3LW, UK
UKHW021035220726
13924UKWH00001B/335

9 782019 930042